¡Silencio, niños!
y otros cuentos

¡Silencio, niños!
y otros cuentos

Ema Wolf

Ilustrado por Pez

GRUPO
EDITORIAL
norma

http://www.librerianorma.com
Bogotá, Barcelona, Buenos Aires, Caracas,
Guatemala, Lima, México D. F., Panamá,
Quito, San José, San Juan, Santiago de Chile,
Santo Domingo

Copyright © Ema Wolf, 1986, 1987, 1988

Copyright © Grupo Editorial Norma,
1997, para todos los países de habla hispana
A.A. 53550, Bogotá, Colombia.

ISBN 10: 958-04-3927-3
ISBN 13: 978-958-04-3927-1

Marzo, 2017

Impreso por
Impreso en Colombia - Printed in Colombia.

www.librerianorma.com

Edición: Cristina Puerta Duviau
Diagramación y armada: Andrea Rincón Granados
Diseño de cubierta: Patricia Martínez
Ilustraciones: Pez

CC: 26011090

Contenido

¡Silencio, niños!

La Momia entró al aula y todos se pusieron de pie.

—Buenas tardes —saludó.

—Bue-nas-tar-des-se-ño-ri-ta —le contestaron.

La Momia se puso los anteojos, sacó del escritorio el cuaderno de asistencia y empezó a pasar lista.

—Drácula.

—¡Presente!

—Frankenstein.

—¡Presente!

Y siguió.

—Garramunda.

—¡Pdecente, ceñodita! —contestó una bruja ceceosa.

—¿Dónde está el Lobisón? —preguntó la Momia—. ¿Hoy también faltó?

Un espectro verdoso se levantó de su asiento y dijo respetuosamente:

—Sí, faltó. Me mandó decirle que su abuelita todavía está enferma.

En el fondo del salón dormía un joven ogro. Roncaba como un santo. Era uno de los más grandes y había repetido seis veces primer grado.

La Momia lo despertó tirándole el borrador en la nuca. Era su alumno favorito.

Por fin, todos estuvieron listos para empezar la clase. No volaba una mosca.

La Momia se plantó frente al pizarrón y se aclaró la garganta.

—Buem. Abran el manual en la página 62. Hoy vamos a aprender a atravesar paredes, algo muy útil en la vida. Si lo aprenden como es debido podrán aterrorizar a mucha gente y hacer ¡muuuuucho daño a la humanidad!

Aquí la Momia se emocionaba. Siempre que hablaba de hacer daño a la humanidad se le humedecían los ojos.

Frente al libro abierto, los alumnos leían a coro. El Atravesamiento de Paredes era una lección más bien práctica. Uno a uno fueron ejercitándose.

Primero atravesaron una plancha de telgopor.

Después una madera de dos pulgadas.

Por último tenían que atravesar la pared que daba al salón de actos, de donde los echaban porque un grupo de compañeritos estaba ensayando "La canción de la araña".

El más hábil de todos resultó ser el fantasma. Eso de atravesar paredes se lo habían enseñado sus padres de chiquito.

También había un vampiro bastante habilidoso. Atravesaba con elegancia.

Hacia el final de la clase le tocó el turno a Frankenstein.

La maestra lo llamó al frente.

Pasó.

Se ajustó el cinturón, se llenó los pulmones de aire para hacerse más esponjoso, cerró los ojos y avanzó decidido hacia la pared.

Muchos años después, ya jubilada, la Momia seguiría recordando aquel día extraordinario.

El choque fue terrible.

La cabeza de Frankenstein sonó como una caja de tuercas lanzada contra una escollera, pero él ni pestañeó. Un salpicón de bisagras, remaches, astillas y peladuras roció a todos los que estaban.

La maestra pegó un grito creyendo que su alumno se desarmaba. Corrió a ayudarlo, pero Frankie estaba decidido a avanzar.

Y avanzó.

Era un muchacho sólido, tenía amor propio, y no lo iba a detener una pared.

Pasar, pasó.

Abrió un boquete de cuatro metros por dos y arrasó el piano que estaba del otro lado. Los integrantes del coro aplaudieron. Detrás de él la pared entera se derrumbó y con ella parte del cielorraso. Unas grietas horrorosas aparecieron en el techo del salón de actos.

A Frankenstein le pareció un triunfo total. Estaba dispuesto a demostrarle a su maestra lo bueno que era para esas cosas. Así que arremetió contra la pared que daba al patio con el ímpetu de un tren de carga.

Alumnos y maestros empezaron a correr hacia la calle porque el edificio entero se resquebrajaba. Los murciélagos levantaron vuelo en estampida.

Frankie siguió atravesando paredes, una tras otra, siempre con el mismo éxito.

Cuando atravesó la última, el edificio, viejo y ruinoso como era, se vino abajo.

Desde la vereda de enfrente, todos miraban alborotados el radiante cataclismo. El portero tosía en medio del polvo desmoronado.

La Momia corrió a rescatar a Frankenstein de entre los escombros. Estaba averiado pero contento. Enseguida le vendó las partes machucadas. Después lo miró babeante de orgullo y le dio un beso.

Evidentemente no era lo bastante transparente, poroso y aéreo como para atravesar paredes. Pero en cambio, era un genio para los derrumbes. En toda su vida de maestra nunca había visto una catástrofe tan completa. Se imaginó que con un poco de práctica Frankie podía causar desastres mundiales.

Ese mes le escribió en la libreta de calificaciones: "Te portas cada día peor. ¡Adelante! ¡Sigue así!"

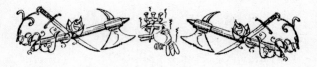

El rey que no quería bañarse

Las esponjas suelen contar historias interesantes. El único problema es que las cuentan en voz muy baja, de modo que para oírlas hay que lavarse bien las orejas.

Una esponja me contó una vez lo siguiente:

En una época lejana las guerras duraban mucho.

Un rey se iba a la guerra y volvía treinta años después, cansado y sudado de tanto cabalgar, con la espada tinta en chinchulín enemigo.

Algo así le sucedió al rey Vigildo. Se fue de guerra una mañana y volvió veinte años más tarde, protestando porque le dolía todo el cuerpo.

Naturalmente lo primero que hizo su esposa, la reina Inés, fue prepararle una bañadera con agua caliente.

Pero cuando llegó el momento de sumergirse en la bañadera, el rey se negó.

—No me baño —dijo—. ¡No me baño, no me baño y no me baño!

La reina, los príncipes, la parentela real y la corte entera quedaron estupefactos.

—¿Qué pasa, Majestad? —preguntó el viejo chambelán—. ¿Acaso el agua está demasiado caliente? ¿El jabón demasiado frío? ¿La bañadera es muy profunda?

—No, no y no —contestó el rey—. Pero yo no me baño nada.

Por muchos esfuerzos que hicieron para convencerlo, no hubo caso.

Con todo respeto trataron de meterlo en la bañadera entre cuatro, pero tanto gritó y tanto escándalo hizo para zafar que al final lo soltaron.

La reina Inés consiguió que se cambiara las medias —¡las medias que habían bata-

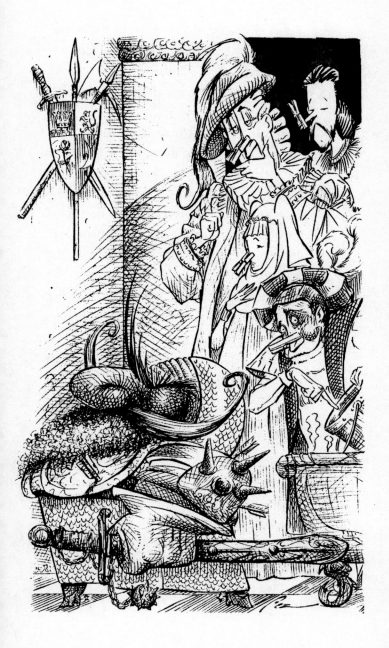

llado con él veinte años!—, pero nada más.
Su hermana, la duquesa Flora, le decía:

—¿Qué te pasa, Vigildo? ¿Temes oxidarte o despintarte o encogerte o arrugarte…?

Así pasaron días interminables.

Hasta que el rey se atrevió a confesar:

—¡Extraño las armas, los soldados, las fortalezas, las batallas! Después de tantos años de guerra, ¿qué voy a hacer yo sumergido como un besugo en una bañadera de agua tibia? Además de aburrirme, me sentiría ridículo.

Y terminó diciendo en tono dramático:

—¿Qué soy yo, acaso? ¿Un rey guerrero o un poroto en remojo?

Pensándolo bien, Vigildo tenía razón. ¿Pero cómo solucionarlo?

Razonaron bastante, hasta que al viejo chambelán se le ocurrió una idea.

Mandó hacer un ejército de soldados del tamaño de un dedo pulgar, cada uno con su escudo, su lanza, su caballo, y pintaron los uniformes del mismo color que el de los soldados del rey. También construyeron una pequeña fortaleza con puente levadizo y cocodrilos del tamaño de un carretel para poner en el foso del castillo.

Fabricaron tambores y clarines en miniatura. Y barcos de guerra que navegaban empujados a mano o a soplidos.

Todo eso lo metieron en la bañadera del rey, junto con algunos dragones de jabón.

Vigildo quedó fascinado. ¡Era justo lo que necesitaba!

Ligero como una foca, se zambulló en el agua. Alineó a sus soldados y ahí nomás inició un zafarrancho de salpicaduras y combate.

Según su costumbre, daba órdenes y contraórdenes. Hacía sonar una corneta y gritaba:

—¡Avanzad, mis valientes! Glub, glub. ¡No reculéis, cobardes! ¡Por el flanco izquierdo! ¡Por la popa…!

Y cosas así.

La esponja me contó que después no había forma de sacarlo del agua. También, que esa costumbre quedó para siempre.

Es por eso que todavía hoy, cuando los chicos se van a bañar, llevan sus soldados, sus perros, sus osos, sus tambores, sus cascos, sus armas, sus caballos, sus patos y sus patas de rana.

Y si no hacen eso, cuéntenme lo aburrido que es bañarse.

Lunes Miércoles Sábado
Martes Viernes Domingo

Lupertius se enoja los jueves

El señor Lupertius vive en Banfield.
Es un hombre tranquilo y de buen carácter,
amable con sus vecinos.

Pero los días jueves se enoja muchísi-
mo.

Cuando le preguntan por qué se enoja
los jueves contesta siempre lo mismo:

—Porque el gato de mi prima Elvira tiene
pesadillas.

—¿Y dónde vive su prima Elvira?

—En Don Torcuato.

La historia es ésta:

Todos los miércoles a la noche la prima del señor Lupertius mira la película de terror que dan por tevé.

Su gato insiste en verla también, pero después tiene sueños espantosos. Se revuelve en la cama —duerme con ella— y no la deja descansar.

Es por eso que Elvira saca el gato al patio.

El gato sin sueño se acerca a la jaula del canario y lo despierta con un maullido en la oreja, simplemente para perjudicarlo.

El canario se pega una espantada infalible y vuelca el comedero con alpiste.

El ruido despierta una vez más a la prima Elvira, que se levanta con la chancleta en la mano pensando que son ladrones.

Como no enciende la luz, se lleva por delante el perchero y se golpea la frente. Dice unas cuantas palabrotas y entonces sí, enciende la luz.

La luz de la habitación de Elvira le pega en los ojos al vecino del fondo, que acaba de acostarse porque es acomodador de cine.

El hombre aprovecha para ir a la cocina y comer un pedazo de mantecol a escondidas de su mujer.

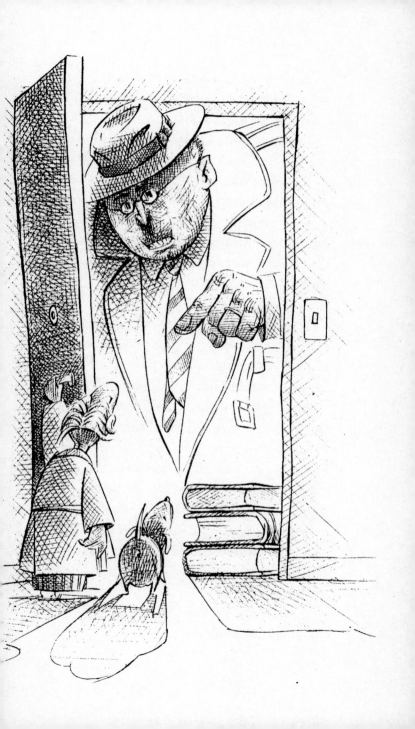

El ruido de la heladera al abrirse y cerrarse despierta a su perro Fido, que se pone a ladrar de manera histérica.

Por supuesto, los ladridos de Fido despiertan a toda la cuadra.

Pero la única que reacciona mal es la dueña de la casa de altos.

La dueña de la casa de altos sube rápidamente a la terraza, elige una maceta llena y la tira al patio del acomodador con esperanza de acertarle al perro.

Nunca acierta.

La mujer del acomodador sale al patio en camisón gritando que alguien bombardea su casa para robar mantecol de la heladera. A continuación llama a la policía.

La policía interroga a los vecinos tratando de averiguar quién fue el autor del hecho.

Cuando llegan a la casa de Elvira encuentran en su agenda telefónica la dirección del primo Lupertius. El nombre les parece sospechoso.

Entonces mandan un detective disfrazado de vendedor de libros ambulante a la casa de Lupertius, que —como dije— vive en Banfield.

El falso vendedor toca el timbre y se produce este diálogo:

—Vengo a ofrecerle el segundo tomo de la *Enciclopedia de la fauna y flora australianas*. Pero antes me gustaría que contestara a una breve encuesta. ¿Puede ser?

—¡Cómo no! Pregunte.

—¿Usted acostumbra arrojar macetas a los patios ajenos?

—No.

—¿Y a robar mantecol de madrugada?

—¡Tampoco! ¡¿Por quién me toma?!

—Entonces, chau.

El detective tacha a Lupertius de la lista de sospechosos y se va sin nada más que hacer.

Y todas las veces así.

Pero nuestro héroe queda muy enojado. El episodio lo pone de un humor pésimo durante el resto del día.

Por suerte, eso ocurre solamente los jueves.

Gervasio, el hombre bala

En el famoso circo de los Hermanos Braders el número más importante era el del hombre bala.

Gervasio —así se llamaba— aparecía en la pista sobre el final del espectáculo, sonriente, saludante, con buzo antiflama y casco de telgopor.

A continuación se metía en la boca de un cañón. Los tambores redoblaban, el público contenía la respiración. Peligro supremo.

Un ayudante encendía la mecha y ¡pum! Gervasio salía ¡fiuuu! disparado por el aire.

El circo se desplomaba en aplausos, pero él nunca los escuchó. A veces tardaba tres o cuatro días en volver.

Un domingo, Gervasio preparó su número como de costumbre.

Pum, hizo el cañón. Fiuuu, voló el hombre bala.

No se sabe si ese día le pusieron al cañón más pólvora que de costumbre, si el ayudante-artillero estaba en Babia cuando apuntó, o si el viento fuerte lo desvió de su trayectoria habitual, lo cierto es que Gervasio fue a parar a los tomates.

Me refiero a que aterrizó exactamente en una quinta de verduras a varios kilómetros de ahí.

Cuando el quintero lo vio caer en medio de las plantas, con su traje plateado y su casco, le dio la bienvenida en inglés creyendo que era un astronauta desprendido de alguna misión fracasada.

Gervasio lo sacó de su error y se presentó:

—Gervasio González, hombre bala.

Le dijo al quintero que no quería abusar de su amabilidad —ya bastante con haberlo recibido— y le preguntó cómo hacía para volver al circo de los Hermanos Braders.

Ni el quintero ni su mujer habían oído hablar jamás de los Hermanos Braders ni había pasado un circo por ese pueblo en los últimos setenta años.

—Pero si quiere esperarlo aquí... —dijo el quintero, y le ofreció su casa.

Gervasio se quedó. Al principio sintió nostalgia de su vida de artista, pero cuando se acostumbró a la idea descubrió lo bueno de vivir en una quinta.

El quintero juntaba huevos frescos por las mañanas y su mujer preparaba tortillas del tamaño de un neumático. Cuando no cosechaban repollos, recogían choclos y habas tiernas para hacer guisos poderosos. Pasada la época de los budines de chauchas, venía la de los canelones de acelga.

Gervasio los ayudaba con el espíritu. Como nunca había trabajado sino de hombre bala, no resultaba útil para esas tareas. El quintero y su mujer preferían que se quedara sentado y les contara historias de sus travesías aéreas.

Algo que sí aprendió a hacer Gervasio, y muy bien, fue a probar las mermeladas caseras para saber si estaban a punto. Vivía metiendo el dedo en los frascos de dulce recién hecho para dar su opinión.

Así pasaron tres años.

Un día, al fin, Gervasio se enteró que allí cerca había acampado el famoso circo de los Hermanos Braders y tuvo que despedirse de sus anfitriones para unirse a la *troupe*.

Hubo lágrimas el día de la partida. El quintero y su mujer le regalaron un enorme paquete de nueces, su fruta favorita.

Gervasio volvió al circo. Sus amigos se alegraron mucho —ya estaban empezando a preocuparse por la tardanza.

Todo estaba preparado aquella noche para su reaparición triunfal.

Pero cuando Gervasio quiso meterse en la boca del cañón, no pudo: su barriga se resistía a pasar. El cañón le quedaba estrecho de cintura. Era inútil: demasiada mermelada, mucha torta pascualina, y tantísimos panqueques de manzana habían estropeado su número.

Cuando tuvieron que llamar a dos ayudantes para liberarle la panza atascada, el público chifló divertido.

Después que se repuso del papelón, pensó un poco: "O adelgazo o me compro un cañón de más calibre". Pero lo pensó mejor y decidió cambiar de oficio.

Se hizo pastelero.

Excelente pastelero. Un artista, diría yo. Su especialidad más celebrada: los cañones de dulce de leche.

Es hoy que cada vez que Gervasio aparece con una bandeja de cañones, la gente aplaude. Y a él le encanta poder escuchar, ahora sí, los aplausos.

El encuentro del caballero resfríado

El Caballero Beltrán de la Zampoña iba cabalgando distraídamente por la llanura.

Pensaba de qué modo podía sonarse la nariz, siendo que tenía la armadura puesta, el yelmo también puesto y la visera baja.

Era un problema la seguidilla de resfríos que se había pescado ese invierno. Y todo por culpa de su amada Genoveva, que insistía en pasear de noche por las torres del castillo en plan romántico.

Beltrán no era rico. Tenía una sola armadura, y era de verano. Muy hecha a su medida, pero inadecuada para los helados inviernos de Zampoña. Ahora recordaba que, por unas monedas más, su sastre de armaduras le podría haber hecho un bolsillo, donde guardar el pañuelo. La verdad es que ni pañuelo tenía.

En esos pensamientos estaba cuando de repente apareció delante de él una bruja maléfica con la cara llena de verrugas y frunces.

En la Edad Media aparecían cosas así, o peores.

Beltrán advirtió de inmediato el peligro que lo amenazaba: ¡era Arnolfa, la Bruja de los Resfríos Leves! ¡Una auténtica peste!

Beltrán supo que era Arnolfa porque ni bien apareció, ella misma dijo:

—¡Soy Arnolfa!

Y al tiempo que lanzaba una carcajada desagradable, sacó de las mangas de su vestido un puñado de aspirinas fosforescentes que esparció por el aire.

Beltrán sabía que era inútil tratar de escapar. Nadie se libraba fácilmente de las brujas entonces.

—¡Hoy me encontrás en un día pésimo! —aulló Arnolfa—. Tan malo que hasta

estoy dispuesta a concederte un deseo. El que vos quieras.

Beltrán de la Zampoña casi se cae del caballo. Era tan raro que Arnolfa concediera deseos como que una tarántula dijera "buenas noches".

Después de pensarlo un poco, aceptó. Era una manera de sacársela rápido de encima.

—Quiero un pañuelo —dijo.

En realidad dijo "paduelo" porque tenía la nariz tapada.

—¡Es fácil, es fácil! —palmoteó Arnolfa.

Se arremangó y sacó del escote una varita mágica. Tomó su sombrero y lo sostuvo con la copa para abajo. Con la mano derecha empezó a revolver enérgicamente con la varita dentro del sombrero. Toda ella despedía olor a eucalipto.

Muy concentrada, Arnolfa recitaba palabras incomprensibles. Hacía girar los ojos mientras con los pies arrojaba poderes a diestra y siniestra.

—¡Répete! ¡Répete! Snerf, snerf.

Beltrán se impacientó. La semana pasada había visto hacer eso mismo al mago de un circo que pasaba por Zampoña.

Se sentó en un tronco al borde del camino y esperó que Arnolfa terminara. Era peligroso contrariar a las brujas en la Edad Media.

Por fin Arnolfa remató su magia con un alarido de triunfo.

—¡Lo tengo!

Y del fondo del sombrero sacó un pañuelo.

Un pañuelo de lata, que hacía juego con la armadura de Beltrán. Con los bordes calados, las iniciales labradas... Cuadrado y duro como una rejilla de patio.

Arnolfa estaba malignamente satisfecha.

Beltrán le agradeció el pañuelo como pudo. Eran tan pocas las veces que Arnolfa concedía un deseo que más valía no desanimarla.

Walter Ramírez y el ratón Nipón

Walter Ramírez era un gato. Al menos nadie lo había puesto en duda hasta ese momento.

Un gato calmo, respetuoso. Tenía el alma prolija de los pescadores de truchas y modales de profesor. Había nacido en Bella Vista y se le notaba por el acento.

Como todos los años, el último día de octubre llevó su impermeable a la tintorería.

Chu, que en esta historia viene a ser el tintorero, ni siquiera levantó la vista cuando vio entrar a Ramírez. Chu era ratón y japonés.

—¡Bueeenas! —dijo el gato en plan amable.

El otro bajó de golpe la tapa de la plancha —una especie de vainilla gigante que escupe vapor— y aplastó un pantalón azul. Eso fue todo. Ramírez se dio por saludado.

Dejó el impermeable sobre el mostrador y estaba a punto de preguntar: "¿Podrá tenérmelo listo para el lunes?", cuando el ratón le arruinó el impulso.

—Lo siento, debe retirarse —dijo Chu.

—¿Qué? ¿*What?* —dijo Ramírez levemente sofocado—. ¿Irme? ¿Y por qué tengo que irme?

—Porque aquí no se admiten animales.

Ramírez abrió la boca como para tragarse un grisín. No podía creer lo que estaba escuchando. En efecto, en la pared de la tintorería había un cartel: "Desde hoy no se admiten animales".

Palideció de disgusto. ¿Qué estaba insinuando ese roedor? ¿Que él era un animal? ¿¡Tan luego *él* un animal!?

Cuando por fin reaccionó, pensó que debía demostrarle al energúmeno que él no era ningún animal sino un gato. Un gato auténtico, insospechable, que pagaba sus impuestos —en Bella Vista— y tenía la documentación en regla. Y así tal cual se lo dijo.

El tintorero lanzó una risotada de búfalo. Tiró el pantalón azul al cielorraso y atacó con la plancha a una desdichada blusa de señora.

—¡JA! ¿A ver? ¿Y usted qué tiene de gato?

Ramírez se miró de costado en el espejo y se encontró claros atributos de gato. Entonces empezó a enumerar:

—Tengo pelos en el cuerpo.

—¡Ta, ta! Las orugas también. Retírese.

—Tengo dos orejas triangulares.

Chu lo miró como a una despreciable tachuela.

—Los zorros también, si no me equivoco —silbó.

Ramírez pensó un poco más. El nipón no era fácil de convencer evidentemente. Pero había que insistir.

—Tengo cuatro patas.

Chu hizo una mueca horrorosa.

—Igual que las mesas de luz y las jirafas. No trate de distraerme con pavadas. ¡Váyase! ¿No leyó el cartel? ¿O está escrito en japonés? ¡No se admiten a-ni-ma-les!

Ramírez empezaba a desesperarse.

—¡No soy un animal, soy un gato! —gritó—. ¡Tengo bigotes!

—¡Entonces bien puede ser una morsa! —Chu cerró la plancha con tanta violencia que se agarró los dedos con la tapa. Ramírez vio que el tintorero pasaba del color amarillo al naranja subido.

—¡Tengo una cola importante! —gritó, en un esfuerzo de inteligencia.

—¡También los osos hormigueros! ¿A quién quiere engrupir? ¿Es un barrilete? ¿Es un piano, acaso? ¡No! ¡Todos los animales tienen cola! —aulló Chu apuntándolo con una percha—. ¡Váyase de aquí o lo agujereo!

Walter Ramírez iba a pegar un puñetazo sobre el mostrador, pero se contuvo a tiempo: había tres o cuatro pinches de ensartar boletas.

De pronto descubrió una idea aleteando sobre su cabeza. Una idea perfecta, única, salvadora, práctica y maldita. ¿Cómo no la había visto antes? La atrapó de un manotazo antes de que se volara.

Miró fijo al tintorero. Se secó un hilo de baba que le mojaba el bigote, erizó el lomo y dijo con voz de navaja:

施設に天のデザイン
天はあくまで軽く、
が考慮された。具体
多用することでデザ
た、地のデザインと
案され、横浜博のテ
グラフィックがベー

た都市型博覧会

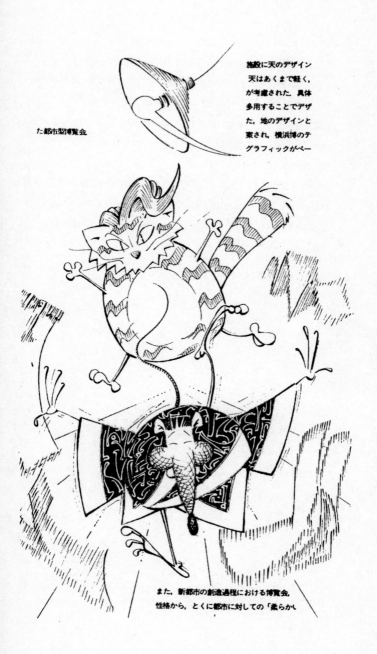

また、新都市の創造過程における博覧会、
性格から、とくに都市に対しての「柔らかし

—¿Sabe qué como? Ratones.

Y se lanzó detrás del maldito.

Chu se escabulló veloz entre el laberinto de trajes, sobretodos y vestidos de *soiré* arrugados. Cuando la persecución lo dejó sin aliento desapareció en el bolsillo de un salto de cama.

Walter Ramírez se dio por satisfecho. Aunque le molestaba haber perdido la compostura. Y aunque ese día tampoco merendó ratón.

Dientes

Boris Dracul trabajaba de vampiro.

Todas las noches se ponía su capa de seda negra —tenía otra de hule impermeable para los inviernos húmedos— y se largaba a vampirear por los caminos de Moldavia.

No es fácil ser vampiro en un pueblo de campesinos que se acuestan más temprano que las gallinas. Al menos no lo era para el conde Dracul, incapaz de atravesar paredes, de cruzar volando las ventanas convertido en murciélago y de toda otra acrobacia parecida.

Dracul tenía que conformarse con morder el pescuezo de algún enamorado tardío o de un aldeano insomne que estuviera fuera a esa hora paseando el perro. Para colmo, los habitantes del pueblo vivían de la cosecha del ajo, y quien más quien menos siempre andaba con un diente en el bolsillo.

El conde Dracul vivía, claro, en un castillo tenebroso.

Durante el día dormía en la bañadera. (Créase o no, las bañaderas suelen ser los lugares más secos en esos viejos edificios.) Durante la noche… La noche alentaba sus peores propósitos.

¿Quién ha visto alguna vez el despertar de un vampiro?

Cuando el cucú daba las doce se levantaba de un salto. Solía darse la nuca contra las canillas, pero eso jamás lo desmoralizó. Con los ojos todavía enlagañados se peinaba —de memoria, porque los vampiros no se reflejan en los espejos— y manoteaba la capa que colgaba del toallero. Después se deslizaba por el ventiluz del baño hasta el jardín. El rocío lo despabilaba ferozmente. ¡Y a comer!

Una noche de ésas, una tormenta maligna sacudía los muros del castillo. Afuera aullaban los lobos, las lechuzas, los hurones y animales varios. A pesar del vendaval, el conde Dracul se aprestaba a salir. Como siempre, se deslizó a través del ventiluz y marchó hacia el pueblo.

En las calles de la aldea, naturalmente, no había un alma. Con semejante tiempo había menos que nadie.

Dracul pisó varias baldosas flojas y maldijo en rumano. La panza le crujía y él ya imaginaba una desgraciada noche de ayuno.

¡De pronto…!

Pasos que se acercaban.

Suspenso.

—Scruich, scruich —hacían los pasos mojados.

Dracul tensó todos los músculos del cuerpo.

Observó que una sombra se acercaba por la vereda. Miró bien. Por el rodete, parecía una señora. Parecía no, *era* una señora.

Dracul se agazapó detrás de un buzón y esperó a que la dama se acercara, listo para dar el gran salto.

Más suspenso.

Cuando la tuvo cerca, salió de su escondite, desplegó la capa y abrió la boca con un rugido exhibiendo los colmillos.

La señora clavó los ojos en esa bocaza que tenía a veinte centímetros de su cara y lanzó un grito espantoso:

—¡AAAAAAAAAHHHH! ¡QUÉ HORROR!

Lo que pasó después nadie pudo imaginarlo, ni siquiera el mismísimo conde.

La mujer lo zamarreó por el cogote con unas manos robustas de sifonero y después lo derribó con un golpe de karateca.

¿Con quién se había topado el conde Dracul? ¡¿Quién era ella?!

Era nada menos que la temible doctora Carramela, la dentista-ortodoncista de la aldea. ¡El Terror de las Caries! ¡El Azote de los Dientes Desubicados!

El conde sintió que lo levantaban por el aire y cerró los ojos.

En pocos minutos se encontró sentado en el sillón de la dentista con la boca abierta. Las rodillas de la Carramela, apoyadas sobre el pecho, le trababan los movimientos. Estaba furiosa.

—¡Qué barbaridad! —decía—. ¡Esto está a la miseria! ¿Cuándo aprenderán a cuidarse la boca? ¡PUERCO, PUERCO, PUERCO!

En un rato le emparejó los colmillos, le arregló seis muelas picadas, le sacó dos dientes que le sobraban y le hizo un tratamiento de flúor. Después lo fletó para su casa, no sin antes darle un sermón y prohibirle para siempre los merengues.

Nunca más anduvo el conde Dracul vampireando solo de noche por los caminos de Moldavia. Es una pena.

Desde entonces guarda su cepillo de dientes en un vaso, junto al tubo de pasta, al lado de la jabonera.

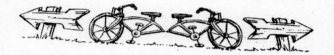

Los Bubi-Bubi

Un tío de Ituzaingó que pasaba la mayor parte de su vida en el techo de su casa arreglando un calentador de alcohol les regaló esa bicicleta a los Bubi-Bubi.

O la bicicleta había caído en sus manos desde el cielo un día de tormenta eléctrica, o la había fabricado él mismo durante una noche desvelada a la intemperie en el tejado.

Lo cierto es que la bicicleta existía y ahora era de ellos: de los Bubi-Bubi. Y bien contentos que estaban con la bici, por cierta cualidad que la hacía distinta a todas las demás: tenía dos manubrios, uno en cada extremo, apuntando en direcciones opuestas.

Tan sólo verla producía:

a) en algunas personas, mareo.

b) en otras, un sentimiento de extrema confusión.

Al amanecer los Bubi-Bubi se calzaban los zapatos ciclísticos y partían. Un Bubi pedaleaba hacia allá, y el otro —digamos— hacia acá.

Naturalmente el viaje se les hacía a medias descansado, ya que dividían el esfuerzo entre dos.

Pero el día en que los Bubi-Bubi estrenaron la bicicleta advirtieron un hecho extraordinario: nunca volvían al lugar de partida. Suponían que desandaban el mismo camino, pero llegaban a un lugar distinto.

Los Bubi-Bubi siempre iban.

El hecho los tenía muy excitados. Sus viajes en bicicleta se volvieron tan importantes para ellos como la vida en el techo para el tío de Ituzaingó.

¿Adónde llegarían cada vez que regresaban? No podían imaginarlo. Lo imprevisible les encantaba el alma.

Un día, un Bubi recordó el ejemplo del tío y su laborioso esfuerzo por reparar el calentador de alcohol. Eso había que hacer: cosas útiles.

—Tenemos que trabajar —le dijo ese Bubi al otro.

—Me parece bien —contestó el otro. Siempre se ponían de acuerdo fácilmente.

De todos los oficios posibles el que mejor les cuadraba era el de mensajeros y/o repartidores.

Y a eso se dedicaron. Sobre el caño de la bicicleta instalaron un canasto con calcomanías de Indianápolis e Ituzaingó.

Así fue que una mañana partieron del taller de compostura de calzado "La pantufla adormecida" hacia la casa de la señorita Dora, maestra. Le llevaban un par de sandalias recién arregladas.

La señorita Dora recibió las sandalias y de paso les pidió que le llevaran al zapatero un par de mocasines boqueantes que debían ser cosidos.

Pero el camino de regreso no los llevó de nuevo al taller de compostura sino a un parque de diversiones.

Dejaron los mocasines en la boletería y pasaron la tarde en el tren fantasma.

Cuando ya se iban, el dueño del parque les encargó comprar dos manzanas acarameladas en un carrito cercano.

Ellos fueron. Pero las manzanas nunca llegaron al parque.

El camino que los conducía de vuelta al parque los llevó, en cambio, a un cine donde daban "La venganza del faraón astuto" y allí se quedaron, con las manzanas.

Etc., etc.

Serían largos de enumerar los erráticos viajes de los Bubi-Bubi. Los vivían como trayectos prodigiosos, llenos de suerte y casualidades.

Al tiempo de empezar ellos a trabajar, la ciudad entró en estado de alarma. Nadie tenía en su casa los zapatos propios. Los paquetes, las encomiendas, la ropa del lavadero, los diarios de la mañana, las facturas de luz y los envíos del supermercado iban a parar a lugares insospechados.

Los dentistas recibieron invitaciones para ir a desfiles de modas, y las actrices para participar en congresos sobre caries.

Llegaban ramos de flores a las estaciones de tren y bandejas de sánguches a los baldíos.

A nadie se le ocurrió atribuir el fenómeno a los Bubi-Bubi, que seguían yendo y volviendo a ir absolutamente encantados.

Pasado el primer momento de confusión —que fue grave— la gente empezó a acostumbrarse a estos cambios. Si de la tintorería no llegaba el sobretodo previsto y llegaba, por ejemplo, una sábana, se ponían la sábana y salían. Un profesor universitario se presentó en el aula con zuecos. Una bailarina clásica apareció en escena con botas de goma.

—Esta noche no cenamos en casa —decía una señora—. El pedido de la verdulería fue a parar al Zoológico y nos esperan a comer ahí —entonces partía la familia hacia el Zoológico, con trajes impropios, unos descalzos y otros de fiesta.

En poco tiempo no sólo les pareció a todos normal recibir una bolsa de maíz cuando habían pedido un cajón de soda, sino que hasta les resultó oportuno. Inspirador. ¡Entusiasmante! De inmediato se dedicaban a descubrir la importancia del maíz y compraban una gallina. El cajón de soda les parecía innecesario y se sentían felices con el cambio.

Poco a poco la ciudad se transformó por obra de los Bubi-Bubi. Ellos ni cuenta se dieron, arrebatados como estaban por su trabajo de repartidores y su fantástica bicicleta de ida.

La vida siguió igual. Es decir, bastante menos igual que antes.

El tío de Ituzaingó nunca se enteró de nada, ni falta que le hacía: el calentador de alcohol pronto estaría funcionando, si el tiempo ayudaba.

El señor que roncaba bonito

Camilo Pietralisa tenía el ronquido más maravilloso del mundo.

Cuando después de la cena Camilo anunciaba que tenía sueño, su familia dejaba los platos a medio lavar y tomaba ubicación alrededor de la cama. Su mamá, sus diecisiete primos y sus muchas tías solteras se aprestaban a escuchar la más bella música salida de laringe alguna.

Camilo comenzaba a roncar con un suave trémolo que evocaba los atardeceres de julio a orillas del río Danubio. Luego los ronquidos iban haciéndose más intensos y cadenciosos hasta desembocar en una melodía sublime que recordaba los atardeceres de octubre, esta vez a orillas del Volga.

Ni los serafines ni los querubines cantaban como roncaba Camilo Pietralisa. Provocaba éxtasis, ni más ni menos.

Su tía Clota lo acompañó muchas veces al piano, hasta el día en que se le cayó la tapa del instrumento sobre los dedos y despertó a Camilo con una palabra que no quiero repetir. Por supuesto, arruinó el concierto. Camilo le tiró con la bolsa de agua caliente.

Los sábados por la noche roncaba en dos funciones. Entonces asistía todo el vecindario de Gerli.

Cada uno traía su silla. Los que llegaban primero se disputaban los lugares alrededor de la cama. Los últimos se acomodaban en la vereda. El kiosquero vendía helados y chocolatines en el intervalo. La familia abría generosamente las puertas y ventanas de la casa para que escucharan también los bomberos, que no podían dejar la guardia.

Un otoño llegó a Buenos Aires un famoso profesor de cornetín que venía a dar un concierto.

La Municipalidad de Gerli lo invitó especialmente a una velada de ronquidos.

El profesor quedó deslumbrado. Sin aire. Jamás en su vida había escuchado algo tan maravilloso.

—¡El órgano de Notre Dame es un pito al lado de esto! —decía, estremecido de placer.

El profesor volvió a Europa. Algo habrá contado allá, porque dos semanas más tarde Camilo recibió un contrato para actuar en una sala de conciertos de Amsterdam.

Camilo estaba muy feliz. Su familia también. Clota especialmente, ya que ella le había enseñado a su sobrino las primeras notas: el do y el re.

El vecindario de Gerli lloró bastante el día que Camilo partió. Como otros concertistas viajaban con su violín, él viajó con su cama. También iban su mamá, sus diecisiete primos y sus muchas tías solteras.

El debut en Amsterdam fue sublime. Mientras Camilo roncaba, la reina lo escuchó de pie. El teatro estalló en aplausos. Los críticos se disolvieron en elogios. La tía Clota respondía reportajes en la televisión.

Le llovieron contratos. Se lo disputaron los teatros más prestigiosos. Los empresarios le ofrecieron roncar en camas que habían pertenecido a príncipes y papas. Los escenógrafos diseñaban para él dormitorios con cascadas y puentes levadizos. Sus admiradores le regalaron sábanas de seda y almohadas de plumas de ganso. Las fábricas de colchones se peleaban por auspiciar cada presentación:

CAMILO PIETRALISA

Roncador solista

Concierto en Fa sostenido menor

Así fue que recorrió el mundo deleitando con sus escalas rotundas los oídos más exigentes.

Se hizo famoso. Rico. Fino.

En la Opera de Milán actuó junto a la famosa soprano Violeta Silvestri. ¡Un dúo inolvidable! Él roncaba enfundado en un pijama de terciopelo y ella en camisón de lamé, con una vela en la mano, como una exquisita sonámbula.

En Moscú roncó acompañando famosas piezas del repertorio musical ruso: "La bella durmiente", "Sueño de una noche de verano"…

Y París, Tokio, Estocolmo, Rosario…

En las temporadas de mayor actividad Camilo roncaba hasta dieciocho horas por día, incluyendo los ensayos. Las grabaciones le exigían tardes enteras de sueño. Como si eso fuera poco, daba recitales a beneficio. No tenía descanso. Estaba extenuado de tanto dormir.

Hasta que sucedió lo inevitable: empezó a mostrar síntomas de insomnio. Una noche tardó en dormirse en escena más de lo habitual. El público se revolvió en la butaca, pero nada más.

La noche siguiente tardó tanto en dormirse que la platea silbó y pateó. Lograron desvelarlo por completo. La gente se quejaba y pedía que le devolvieran la plata de las entradas.

Tuvo que interrumpir sus funciones. Una verdadera catástrofe.

Probó contar ovejas para que le viniera el sueño, pero no sirvió. Las pastillas para el insomnio lo hacían desafinar.

Diarios y revistas hablaban del asunto. Desde los programas de música culta opinaban los especialistas famosos. Alguien propuso que el único remedio era la hipnosis. ¡Inútil! Camilo no pegaba un ojo.

Una admiradora lapona sugirió que podía tener frío en los pies y le mandó un par de zoquetes tejidos a mano.

Otra le regaló un oso de peluche, asegurando que nadie en el mundo podía dormirse sin abrazar un oso de peluche.

Una vieja vecina de Gerli le escribió recomendándole tazas de té de tilo y baños de inmersión antes de dormir.

Un médico italiano se presentó para cantarle una canción de cuna:

Nina, nana, bel popín.
Nina, nana, chiquitín.
Bel popín de so mamma.
Nina, nana, nina, nana.

La horrorosa voz del italiano le provocó a Camilo una crisis de nervios: mientras el hombre cantaba se le empezó a caer el pelo. Lo echaron. El muy salvaje se fue gritando que lo mejor que podían hacer con él era darle un palo por la cabeza.

Dioses…

Hasta que a alguien se le ocurrió una idea. Alguien poco sospechoso de tener ideas y mucho menos buenas.

La tía Clota —¡era ella, sí!— trató de recordar qué cosas hacían dormir a Camilo cuando era chico. Y le vino a la mente el discurso que pronunciaba la vicedirectora cada 9 de julio.

—Probemos —dijo Clota—. Los discursos siempre fueron útiles para hacer dormir a la gente.

Clota consiguió el famoso discurso —algunos dicen que se lo acordaba de memoria porque era el mismo de cuando ella iba al colegio— y en una noche de insomnio se lo leyeron a Camilo.

Santo remedio.

Apenas Camilo escuchó los primeros tramos cayó en un sopor profundo, un sueño casi cataléptico. Dormía como un adoquín bendito.

Se despertó catorce horas después.

—Soñé que estaba en el colegio —dijo.

Así se salvó Camilo. Y su arte. Para el mundo.

Desde entonces todas sus actuaciones estuvieron precedidas por el discurso. Ni bien Camilo tomaba ubicación en la cama, el apuntador del teatro empezaba a leérselo casi en un susurro:

Una vez más estamos aquí reunidos
en esta fecha memorable, para
conmemorar, etc.

Lamentablemente a veces también lo escuchaba algún espectador de la primera fila.

El náufrago de Coco Hueco

En la época en que abundaban los náufragos, abundaban también los mensajes en botellas.

El Océano Pacífico, sin ir más lejos, estaba tan sembrado de islas, náufragos y botellas flotantes como el campo de margaritas. Cualquier marinero habilidoso podía recoger hasta una docena de mensajes por día con la facilidad de quien saca merluzas de una pecera. Los viejos navegantes auguraban que pronto no habría sitio ni para nadar. Razón tenían.

Algunos mensajes eran tan tristes que hacían lagrimear hasta a los fogoneros de la sala de máquinas. Decían cosas así:

Estoy muy solo.
¡Ah, si tuviera un loro, o algo!
Tom Pitt
(1426) Arrecife de la Palmera Tierna
Otros eran mucho más desesperantes:
¡Por favor, sáquenme de aquí o me voy!
Prof. Zorba, Isla Papeete

Otros decían cada cosa que era como para matar al que lo había escrito:

Si nadie me rescata díganle a Malele que no se olvide de regar mis plantas de albahaca. De paso, ¿dónde estoy?
Humberto

Lo cierto es que bastaba pararse en cualquier punto del océano para ver pasar todo el botellerío flotante. Pero ningún capitán que tuviera un poco de honor dejaba de atender un mensaje, así tuviera que desviarse millas y millas de su ruta.

Algunos náufragos hasta podían comunicarse entre sí. Era simple cuestión de calcular el viento, las mareas y las corrientes oceánicas para que la botella viajara en la dirección deseada. Muchas se hacían migas contra los bancos de coral, pero otras llegaban a destino.

En la isla de Coco Hueco, por ejemplo, vivía un náufrago que tenía una correspondencia muy fluida con otros náufragos del Pacífico. Hasta habían pensado en formar un club…

El náufrago se llamaba Juanito Tomasolo y había llegado a la isla abrazado a una tabla de picar carne porque en el momento en que su barco se hundió estaba en la cocina tratando de robar queso.

Juanito mandaba cantidad de mensajes.

Con el náufrago de la isla vecina tenía conversaciones así:

¿Qué tal, Pepe, cómo anda eso?

Y volvía la botella con la respuesta:

Bien, Juanito. Asoleándome…

Con un náufrago uruguayo que vivía trescientas millas al norte jugaba al ajedrez.

Allá iba la botella con un papelito machucado que decía:

C5C

Y volvía con otro que decía:

AxP + + ¡Jaque mate!
¡Chupate esta mandarina!

Juanito también escribía poemas y los cambiaba por semillas.

Las semillas son muy importantes para los náufragos porque de las semillas —si la humedad no las pudre— siempre brota algo que se puede comer. Son mucho más importantes que la ropa, porque en los lugares donde los náufragos naufragan casi siempre hace calor y no la necesitan; además, si la gastan y se les pone harapienta no importa, total nadie los ve.

Eso al menos era lo que decía siempre el capitán Filipot, un honrado marino y elegante persona que andaba por el mar como las botellas: de aquí para allá.

Cuando pasó lo que pasó, Filipot navegaba en un barco carguero cerca de las islas Marianas. Transportaba medias de señora y aceite de ballena a Nueva Zelandia.

Una tarde en que paseaba distraído por el puente de mando descubrió una botella que flotaba. De inmediato ordenó que la subieran a bordo y comprobó que, como de costumbre, contenía un mensaje.

—¡El sacacorchos! —le gritó Filipot al primer oficial.

El primer oficial le repitió la orden al cocinero y el cocinero al pinche de cocina, que apareció media hora después con el sacacorchos, cosa que siempre se perdía a bordo porque lo dejaban en cualquier lado.

Cuando abrieron la botella, leyeron un pedido patético:

p 17
m 150
¡Socorro!
Éste es mi último mensaje.

Para un hombre de mar astuto como Filipot el mensaje era claro como el agua. La "p" significaba "paralelo". La "m", "meridiano". Un hombre situado en la esquina del paralelo 17 y el meridiano 150 pedía ayuda.

Filipot no lo pensó dos veces. ¡Lo salvaría, sí! ¡Lo salvaría aún afrontando mil peligros!

Casualmente estaban sobre el paralelo 17. Así que Filipot no tuvo más que recorrerlo como un espinel y en veinticuatro horas llegaron al cruce con el meridiano 150.

En efecto, allí había una isla. Y apenas la olfatearon con el catalejo, descubrieron a un hombre que hacía señas desesperadas desde lo alto de una roca.

—¡Mi náufrago! ¡Mi náufrago! —gritó el capitán loco de alegría.

Hizo disparar cuatro tiros de fusil y echó al mar un bote salvavidas.

El mismo Filipot y varios tripulantes se dirigieron a la costa. El capitán y su náufrago se encontraron en la playa.

El pobre estaba hecho un asco. Con la barba crecida y la tricota agujereada.

Filipot se sentía un ángel salvador. ¿Qué podía decir en un momento como ése? No se le ocurría nada lo bastante importante. ¡Si al menos hubiera tenido un fotógrafo cerca!

El náufrago rompió el silencio.

—¿Y? —dijo.

Filipot y su gente se miraron comprensivamente: lo más probable era que la soledad lo hubiera vuelto chiflado.

—Venga, buen hombre —dijo Filipot—. Suba a nuestro barco, que con una sopita va a quedar como nuevo.

—¡Qué barco ni barco! —gritó el náufrago—. ¿Trajeron lo que tenían que traer, sí o no?

A Filipot se le hizo un nudo en el ánimo.

Mientras la cabeza le sudaba tratando de entender qué estaba pasando, tanteó el mensaje que había guardado en uno de sus bolsillos. Lo sacó y lo leyó de nuevo:

p 17
m 150
¡Socorro!
Éste es mi último mensaje.

Pero del otro lado de la hoja seguía:

Se me terminaron las botellas. Manden más.

¡Sí! Filipot se había topado con el mismísimo Juanito Tomasolo, aislado en el mar inmenso porque no le quedaba una botella ni para mandar una tarjeta de Navidad.

El capitán se puso colorado de los pies a las cejas y pidió disculpas en tono humilde. Eso le pasaba por atolondrado... Juanito estaba furioso.

Filipot y los suyos dejaron la isla esa misma tarde. Le prometieron a Juanito volver en dos meses con un cargamento de botellas de vino de litro. Todas vacías, para él.

Mientras tanto le dejaron algunas de aceite y salsa *ketchup*. También de leche, que por aquel entonces no venía en envases de plástico.

Cuento chino

Hace muchos años reinaba en China la emperatriz Tsu-Hsi. (Si no están fuertes en pronunciación china pueden llamarla Susi. Suena igual).

Tsu-Hsi pasaba los días en el famoso Palacio de Verano donde siempre habían vivido los emperadores.

El Palacio de Verano era enorme. Mitad fortaleza, mitad laberinto. Tenía muchos edificios delicados, jardines donde la vista se perdía, bosques, lagos, puentes y esas cosas.

Tsu-Hsi no se cansaba de recorrer su palacio. Viajaba sentada en un palanquín dorado, que cargaban entre cuatro.

—Voy a ver las flores de mis naranjos —decía la emperatriz.

Se sentaba en su palanquín y allá iba, bamboleándose dentro del real vehículo.

Cuando los cargadores del palanquín se cansaban, los reemplazaban otros cuatro. Los primeros cargadores subían a otro palanquín llevado a su vez por ocho cargadores que, cuando se cansaban, trepaban a otro llevado por treinta y dos cargadores, y así…

Total, que Tsu-Hsi visitaba sus naranjos acompañada de un séquito de seiscientos veinticuatro palanquinistas, cuarenta y siete damas de compañía, veinticuatro secretarios, ocho peluqueros por si el viento la despeinaba y once cocineros por si se le ocurría hacer pic-nic.

Los palanquinistas de Tsu-Hsi iban duros como si hubieran tragado cemento. No podían tropezar, ni patear piedras, ni tener hipo, ni rascarse, no fuera que Su Majestad se incomodara o cayera de hocico contra el suelo. Tsu-Hsi hasta podía tomar la sopa dentro de su palanquín. (Tomaba sopa de aletas de tiburón, pero si a ustedes no les gusta la sopa de aleta de tiburón, digamos que tomaba sopa nada más).

Todos, pues, llevaban el palanquín de la emperatriz con gran reverencia y temor. Todos, menos uno…

—¿Quién osó rascarse ayer, mientras transportaba mi real persona? —preguntó Su Majestad.

Los cortesanos enmudecieron.

Todo se sabía, pero nada se sabía en el palacio.

Hasta que una voz perdida en el fondo del salón del trono dijo:

—Fue Lu-Pin. Sólo él pudo ser.

E hicieron a Tsu-Hsi una profunda reverencia.

En China las reverencias llegaban hasta tocar el suelo con la frente, sin doblar las rodillas. No era nada fácil… Los más ágiles hacían reverencias elegantes. Los gorditos no podían levantarse tras el saludo y esperaban que alguien los enderezara tomándolos por la coleta. Los más entusiastas se abollaban la frente, por eso las baldosas del Palacio de Verano estaban flojas.

Pero había alguien que no hacía reverencias…

Todo se sabía y nada se sabía en el palacio.

Cuando la emperatriz preguntó quién era el irreverente, alguien respondió:

—Es Lu-Pin. Sólo él es.

Tsu-Hsi no preguntó más porque en realidad no quería saber, sino solamente que le contestaran. Además estaba ocupada preparando la Fiesta del Dragón.

El último día de primavera se celebraba en la corte la Fiesta del Dragón.

Los chinos tenían muchas fiestas en el año: la Fiesta de la Caña de Bambú, la de la Golondrina Descalza, el Festival de los Faroles Amarillos y la Gran Celebración de la Sombrilla.

La más hermosa era la del Dragón. Ese día el palacio se adornaba. En la fiesta todo el mundo estaba obligado a disfrazarse de dragón —incluidos los dragones. Los cortesanos se pegaban rabos, crestas, pezuñas verdes y se pavoneaban por los jardines simulando que echaban fuego por la boca.

También Tsu-Hsi se disfrazaba de dragona. De dragona real. Le encantaba ocuparse personalmente de todos los disfraces, porque a nadie debía faltarle el suyo.

Los festejos terminaban al amanecer, cuando los falsos dragones empezaban a bostezar.

Y todas las veces así.

Menos la última vez.

—¿Quién osó venir a la Fiesta del Dragón disfrazado de mandarina? —preguntó Tsu-Hsi. (Por si no están enterados, la mandarina es la esposa del mandarín.)

Hubo miradas de preocupación.

Y como algo y nada se sabía en el palacio, una voz susurró:

—Lu-Pin. Sólo él pudo ser.

En ese momento el Ministro de Defensa pidió hablar urgentemente con Su Majestad.

La grave noticia ya estaba en boca de todos: los soldados del emperador del país del norte habían invadido el reino de Tsu-Hsi. Un ejército de muchos miles había cruzado la frontera y avanzaba hacia el Palacio de Verano. ¡Un mar encrespado de sables!

—¡Que nadie se mueva! —ordenó Tsu-Hsi.

Enseguida se acordó de algo y gritó:

—¡Oh, no! ¡Estamos indefensos!

¿Qué pasaba?

Pasaba que el ejército de la emperatriz estaba en el sur, a muchos kilómetros de allí, ensayando el desfile para la Fiesta del Banderín Tornasol. Ni siquiera debían estar enterados de la invasión.

Tsu-Hsi se sintió como el jamón del sánguche: con el ejército invasor al norte y el ejército propio al sur.

Cuando decidió mandar aviso a sus generales, ya era tarde: el enemigo había rodeado el palacio. Desde cualquier lugar de la muralla por donde se asomaran, había enemigos mirándolos. Si no tenían manera de avisar a sus tropas, estaban fritos.

Pero como había ordenado que nadie se moviera, nadie se movió.

Pronto llegó un rumor a orejas de la emperatriz: alguien se había atrevido a cruzar las filas enemigas.

Todo se sabía y nada se sabía en el palacio...

—¿Quién desconoció mis órdenes de no moverse? —preguntó Tsu-Hsi, según su costumbre.

Una voz que vino del fondo del salón del trono no pudo sino contestar:

—Lu-Pin. Él fue.

La emperatriz quiso saber más. ¿Cómo era posible?

—Es que voló por encima de las murallas, Majestad —dijo uno—. Tiene alas fuertes y ágiles.

—De ninguna manera —intervino el Secretario Mayor—. Yo lo vi cuando cavaba un túnel con sus uñas para pasar por debajo de la línea enemiga.

Los cortesanos se miraron unos a otros confundidos. Un servidor atento desmintió a los otros dos.

—Nada de eso es posible porque hoy lo vi tomando leche de un tazón en el patio de Su Majestad.

Así siguieron.

Unos decían que se había ido caminando. Otros, que había tomado el camino de las hormigas. Otros, que nunca se había ido. Otros, que nunca había estado…

Pero pocos días más tarde los centinelas del palacio vieron llegar del sur a su ejército. Los soldados de Tsu-Hsi se aproximaban cabalgando con furia. Sin duda, alguien había llegado hasta ellos con el aviso de peligro.

A los invasores se les vino el alma al suelo: los chinos eran muchos. (Por si no lo saben, aún hoy los chinos siguen siendo muchos). Huyeron en desbande antes de que las tropas de la emperatriz se dieran el gusto de convertirlos en harina.

El reino de Tsu-Hsi había sido liberado.

Al poco tiempo todo volvió a la normalidad en la corte.

Los cerezos florecieron educadamente.

Tsu-Hsi siguió haciendo paseos al aire libre y nadie se llevó por delante un árbol mientras cargaba su palanquín.

En la Fiesta del Bote todo el mundo se disfrazó de bote.

Tsu-Hsi estaba melancólica.

El invierno tapó los puentes con nieve. También Tsu-Hsi se contagió algo del invierno. Un año completo pasó así, lleno de días iguales. Tsu-Hsi se había puesto tan mustia que ni siquiera sonrió cuando la emperatriz de Birmania le regaló una bufanda de marfil puro.

Hasta que una tarde Tsu-Hsi fue de pesca.

En el lago descubrió un pez que se parecía en todo a los otros peces, pero se paseaba debajo de sus narices sin dejarse atrapar. Las exquisitas lombrices reales no lo tentaron y, a diferencia de los otros peces, resistió la orden de morder el anzuelo.

Entonces Tsu-Hsi recordó que esa mañana alguien había confundido a sus camareras y ellas le habían alcanzado dos zapatos del pie izquierdo.

También se acordó de que alguien había dormido la siesta en su trono, porque estaba tibio cuando se sentó.

Tsu-Hsi no preguntó nada esta vez. No necesitaba preguntar para saber, ni necesitaba otra cosa para sentirse contenta.

Cualquier persona en el palacio que no tuviera los ojos confundidos y los oídos desorientados podía darse cuenta de que Lu-Pin estaba de vuelta.

El mensajero olvidadizo

Hace mucho tiempo había reinos tan grandes que los reyes apenas se conocían de nombre.

El rey Clodoveco sabía que allí donde terminaba su reino empezaba el reino del rey Leopoldo. Pero nada más.

Al rey Leopoldo le pasaba lo mismo. Sabía que del otro lado de la frontera, más allá de las montañas, vivía Clodoveco. Y punto.

La corte de Clodoveco estaba separada de la de Leopoldo por quince mil kilómetros. Más o menos la distancia que hay entre Portugal y la costa de China.

Entre corte y corte había bosques, desiertos de arena, ríos torrentosos, precipicios y llanuras fenomenales donde vivían solamente las lagartijas. Tan grandes eran los reinos…

Cuando Clodoveco y Leopoldo decidieron comunicarse, contrataron mensajeros.

Y como siempre se trataba de comunicar asuntos importantes, secretos, nunca mandaban cartas por temor de que cayeran en manos enemigas. El mensajero tenía que recordar todo cuanto le habían dicho y repetirlo sin errores.

El mejor y más veloz de los mensajeros se llamaba Artemio. Además terminó siendo el único: nadie quería trabajar de mensajero en aquel tiempo. No había cuerpo ni suela que durase. Pero Artemio era veloz como un rayo y no se cansaba nunca.

El problema es que tenía una memoria de gallina. Una memoria con poca cuerda. Una memoria que goteaba por el camino.

Artemio partía de la corte de Clodoveco de mañana bien temprano con la memoria afinada y tensa como un arco. Al llegar al kilómetro 7.500 más o menos, había olvidado todo, o casi todo. No era para menos...

Lo que no recordaba, lo iba inventando en la marcha.

Una vez la esposa del rey Clodoveco le mandó pedir a la esposa del rey Leopoldo la receta de la mermelada de frambuesas.

Artemio volvió y recitó ante la reina la receta de los canelones de acelga. No se sabe si había trabucado el mensaje en el viaje de ida o en el viaje de vuelta.

La reina pensó que la otra señora estaba loca, pero preparó nomás la receta.

—¡Qué buena mermelada, Majestad! —decían todos, mientras comían canelones.

Otra vez el rey Leopoldo quiso anunciar al rey Clodoveco la feliz noticia del cumpleaños de su abuela. El mensaje que Artemio debía trasmitir era:

Te saludo, Clodoveco,
y te anuncio que mañana
va a cumplir noventa años
la reina nona Susana.

Artemio cruzó valles, selvas, acantilados y charcos, nadó ríos y atravesó planicies a lo largo de quince mil kilómetros.

Cuando llegó a la corte del rey Clodoveco se presentó en la sala del trono y dijo lo que le salió:

Te saludo, Clodoveco,
y te cuento: esta mañana
en el jardín florecido
se me ha perdido una rana.

Clodoveco no entendía por qué tanta preocupación por una simple rana. Leopoldo debía estar chiflado. Pero allá mandó a Artemio con un mensaje que decía:

Lo siento, ya conseguirás otra.

Leopoldo, creyendo que se refería a su abuela, se enojó mucho y juró que no cambiaría a su nona por ninguna otra en el mundo aunque estuviera viejita.

A veces Artemio recorría quince mil kilómetros solamente para decir "gracias". Y volvía con la respuesta: "de nada".

Un día Clodoveco lo envió para que le pidiera a Leopoldo la mano de su hija Leopoldina. Quería casarla con su hijo, el príncipe heredero.

Mientras marchaba a través de los caminos peligrosos, Artemio se iba olvidando.

—¿Qué tengo que pedir de la princesa Leopoldina? ¿Era la mano? ¿No sería el codo? Me parece que era el pie.

Cuando estuvo fuerte a Leopoldo, dijo:

*Te hace el rey Clodoveco
una petición muy grata:
que le envíes enseguida
de Leopoldina una pata.*

A Leopoldo le dio un ataque de furia. ¡Cómo se atrevía ese delirante a pedir una pata de su hija!

Mandó a Clodoveco una respuesta indignada por semejante ocurrencia.

Artemio se olvidó de todo.

Cuando llegó a la corte de Clodoveco, dijo sinceramente:

*Necesito dormir la siesta
antes de darte respuesta.*

Clodoveco creyó que esa era la verdadera contestación de Leopoldo y quedó convencido de que el pobre no tenía cura. ¡Cómo podía pensar en irse a dormir la siesta cuando le pedía la mano de su hija!

Y así siguieron las cosas.

Hasta que un día, un día…

Un día el rey Leopoldo le pidió prestado al rey Clodoveco algunos soldados. Quería organizar un desfile vistoso. ¡Qué mejor que los soldados de Clodoveco, que tenían uniformes tan bonitos!

Entonces le mandó decir por Artemio:

Necesito seis legiones,
o mejor: diez batallones.

Pero Artemio, en el colmo del olvido, dijo:

Que me mandes cien ratones.

¡Todo mal!

Cuando Leopoldo recibió en una linda caja con moño cien ratones perfumados, la paciencia se le terminó de golpe.

—¡Basta! —gritó—. ¡Clodoveco me está tomando el pelo! ¡No lo soporto! ¡Si no le hago la guerra ya mismo el mundo entero se va a reír de mí!

Y sin pensarlo dos veces mandó alistar sus ejército para marchar sobre el reino de Clodoveco.

Pero antes, como era costumbre, le mandó una declaración de guerra:

Yo te aviso, Clodoveco
que me esperes bien armado
pues voy a hacerte la guerra
por insolente y chiflado.

Artemio se lanzó a través de montañas y llanuras llevando en su cabeza el importante mensaje.

Tanto y tanto tiempo anduvo que cuando llegó a la corte de Clodoveco la noticia se había convertido en cualquier cosa:

Mi querido Clodoveco,
espérame bien peinado,
pues visitaré tu reino
en cuanto empiece el verano.

Clodoveco se llevó una alegría.

—¡Leopoldo va a venir a visitarnos! Seguramente quiere arreglar el casamiento de Leopoldina con mi hijo. Vamos a prepararle una recepción digna de un rey.

Y ordenó a sus ministros que organizaran la bienvenida.

Mientras en el país del rey Leopoldo los ejércitos se armaban hasta los dientes, en la corte del rey Clodoveco todo era preparativos de fiesta.

Leopoldo amontonaba pólvora y cañones. Clodoveco contrataba músicos y compraba fuegos artificiales.

Leopoldo preparaba provisiones de guerra mientras los cocineros de Clodoveco planeaban menúes exquisitos.

En un lado fabricaban escudos y lanzas de dos puntas. En el otro adornaban los caminos con guirnaldas de flores y banderines.

Por fin llegó el día.

Las tropas de Leopoldo avanzaron hacia el reino de Clodoveco haciendo sonar clarines y tambores de combate mientras la corte de Clodoveco salía a recibir al rey Leopoldo vestida de terciopelo, con bufones, bailarines y acróbatas.

Se encontraron a mitad de camino. Unos formados para la batalla, otros cantando himnos que decían "Bienvenido rey Leopoldo".

Los dos reyes, frente a frente, se miraron. Uno con cara de guerra y otro con una sonrisas de confite en los labios.

Artemio se encontró entre los dos. Estaba quieto, muy quieto. Miraba a Leopoldo y miraba a Clodoveco. Se rascó la cabeza y pensó que algo andaba mal, muy mal…

Tan mal que mejor encontrara una solución antes de que fuera demasiado tarde.

Bramó un tambor y estalló un fuego de artificio.

Entonces Artemio tomó aire y gritó con toda la fuerza de su pulmones:

*¡Cuídense del rey Rodrigo
si es que quieren seguir vivos!*

—¿Rodrigo? ¿Y quién es el rey Rodrigo? —preguntaron los dos reyes.

¡El que les morderá el ombligo...!

... gritó Artemio, y salió corriendo hacia el norte, veloz como una flecha enjabonada.

Clodoveco y Leopoldo se quedaron pensando. Nunca habían oído hablar del rey Rodrigo, pero parecía un enemigo de cuidado.

—¿Será el rey de Borboña? —decía Clodoveco.

—No, ése se llama Ataúlfo —decía Leopoldo—. Debe ser el rey de Bretoña.

—No creo, me parece que se llama Ricardo, y además tiene un apodo que ahora no me acuerdo...

Así siguieron

Y todavía están allí, tratando de averiguar quién es el famoso Rodrigo.

Mientras tanto Artemio sigue corriendo, que para eso estaba bien entrenado. Ya se olvidó del rey Rodrigo, y seguramente tampoco se acuerda por qué corre.

El caso de la pizza napolitana

A Anita le encantaba mirar el noticiero de las ocho. Nunca se lo perdía.

Cuando faltaban diez minutos para que empezara, instalaba frente al televisor su silla de loneta, el tejido, una caja de corazoncitos de menta y, finalmente, se instalaba ella misma.

A dos metros dormía su gato Magallanes, negro, impasible y tan friolento que vivía dentro de la estufa, con eterno olor a pelo quemado.

Todas las tardes Anita esperaba ansiosa ese momento porque en el noticiero de las ocho trabajaba José "Pepe" Dell'Acqua, un periodista muy sagaz. Anita estaba enamorada de él. Pepe tenía una voz maravillosa. Cada vez que decía "Buenas noches, señores televidentes", Anita se figuraba que le hablaba a ella y a nadie más.

Pepe viajaba mucho. A cada rato lo mandaban a sitios remotos, al escenario mismo de los hechos importantes. Desde allí trasmitía noticias que estremecían al mundo:

—¡Atención! ¡Estamos en Laponia, un verdadero paraíso tropical! Hasta el momento podemos afirmar con absoluta seguridad que aquí abundan los renos. Mientras tanto, una auténtica familia de lobos hambrientos está siguiendo nuestro móvil desde hace un buen rato. En unos minutos estaremos nuevamente con ustedes, con más información y con estos simpáticos animalitos.

Anita tembló de ternura cuando vio a Pepe acariciar la cabeza de un enorme lobo gris. Esta vez Pepe no reapareció en pocos minutos sino un mes más tarde, pálido y con un brazo vendado.

Desde entonces Anita se pegó más que nunca al noticiero.

Últimamente a Pepe Dell'Acqua lo habían destacado al horno de una pizzería.

Todo lo que sucedía en el horno de la pizzería "La aceituna arrugada" Pepe lo relataba con su persuasiva voz. La entrada y salida de las pizzas, los altibajos en la temperatura del horno, el estado de las anchoas… Al verlo tan profesional, tan eficiente, Anita se derretía. Pepe también se derretía, aunque además de micrófono le habían dado un ventilador.

Un día Anita encendió el televisor, como siempre.

Pepe Dell'Acqua apareció en el fondo del horno, vestido con un traje color crema. Estaba trasmitiendo una noticia que, por el estado de su cara y de su voz, parecía muy grave:

—Siendo las 10:45 hs del día de ayer una pizza de grandes dimensiones fue sustraída de este lugar por manos desconocidas en momentos en que el horno alcanzaba una temperatura de 180 grados centígrados. Según testigos, la pizza era del tipo "napolitana" ya que se hallaba cubierta con rodajas de tomate y ajo, además de la habitual muzarela.

Anita lo escuchaba estremecida. No podía creer que hubiera gente capaz de semejante cosa.

Pepe Dell'Acqua traspiraba pero no dejaba de cumplir con su trabajo:

—Cuando la mencionada pizza se encontraba casi a punto, sujetos anónimos la arrebataron de su sitio, seguramente con intención de ingerirla. Por el momento no hay ninguna pista en relación con este caso, aunque…

Pepe siempre cerraba la noticia con un comentario propio:

—…pensamos que el ladrón sólo pudo ser alguien a quien le gusta la pizza, lo cual reduce notablemente el número de sospechosos.

—¡Qué inteligente es! —suspiró Anita. Le gustaban las noticias catastróficas por el modo en que Pepe las contaba.

Dell'Acqua se despidió hasta el día siguiente y Anita quedó muy intrigada con el asunto de la pizza.

El día siguiente era martes.

Anita encendió el televisor a las ocho menos cuarto. Estaba impaciente. Empezó el noticiero.

Mezclados con las noticias interna-
cionales pasaron avances del misterioso
episodio:

—¡Novedades en el caso de la pizza! ¡Un
hallazgo importante fue hecho por nuestro
enviado especial!

Por fin apareció Pepe Dell'Acqua en el
horno, abanicándose con el menú de "La
aceituna arrugada".

—Señoras y señores, acá estamos nuevamente frente a este resonante caso. Antes
de revelarles el importante descubrimiento
que hemos hecho esta madrugada, vamos
a presentarles a los legítimos comensales
de la pizza robada. Se trata de la familia
Piperno, que todavía se encuentra en la
pizzería con los cubiertos en la mano y la
servilleta al cuello esperando que la pizza
reaparezca.

Pepe mostró a la familia Piperno y se
acercó al hijito menor.

—Vicentito, ¿cómo te sentís?

—Tengo hambre —gruñó el nene y le
tiró un tarascón de lobo. Pepe sonrió a
cámara y pasó a otra cosa.

—Y ahora, como les habíamos anticipado, la novedad en este apasionante caso:

en la madrugada de hoy hemos encontrado un pelo blanco en el interior del horno. Repetimos: UN PELO BLANCO. Todo hace suponer que el pelo pertenece al ladrón de la pizza.

Luego hizo su habitual comentario astuto.

—¿Quién habrá robado la pizza? ¿Una ancianita tal vez? No se sabe. Por el momento se busca intensamente a un sujeto o sujeta que haya perdido un pelo blanco. Más novedades, mañana a esta misma hora.

Anita había dejado de tejer. Miraba embobada a Pepe Dell'Acqua. Sólo cuando Pepe desapareció de la pantalla y apareció en su lugar un aviso de champú, atinó a pensar que el descubrimiento del pelo blanco era de veras impresionante.

—¡Adónde irá el mundo! —suspiró.

Magallanes bostezó

Al día siguiente no se hablaba de otra cosa en el país.

La familia Piperno se había cansado de esperar que le sirvieran la pizza y hacía huelga de hambre en la vereda de "La aceituna arrugada". Aparecieron montones de testigos que no habían visto nada.

El mozo y el dueño de la pizzería negaban toda responsabilidad.

El miércoles a las ocho Anita se atornilló a la silla de lona. Tenía el pulso acelerado, como siempre que estaba por aparecer Pepe.

Y Pepe apareció.

—¡Buenas noches, teleaudiencia! —estaba acalorado y gritaba—. ¡Nuevamente con la noticia de último momento! ¡Atención!

Anita manoteó los corazoncitos de menta.

Pepe se desgañitaba.

—¡Acabamos de descubrir un hecho de escalofriante importancia en el caso de la pizza! ¡Una evidencia tan evidente, señoras y señores, que… bueno!

Anita sabía que el descubridor del hecho era Pepe, pero no lo decía por modestia. Lo escuchó con pasión.

—¡El horno de "La aceituna arrugada" tiene UNA PUERTA TRASERA! ¡Sí, señores, una puerta trasera por la que seguramente entró y también escapó el ladrón! Y lo más importante: al huir dejó unas extrañas huellas del mismo color que el pelo, o sea blancas. Pero podemos anticiparles, señoras y señores, que esas huellas no son humanas. Repito: ¡NO SON HUMANAS!

Anita tragó de golpe los corazoncitos de menta y se le paralizaron los dedos en el tejido.

—¡Qué horror! —gritó.

Eso era más de lo que podía soportar. Imaginó al ladrón como un monstruo de pelos largos, blanco como la nieve, parado sobre dos patas, con pinzas de extraterrestre en lugar de manos para sacar la pizza del horno sin quemarse.

Esa noche Pepe apenas se despidió de los televidentes. Hizo un saludo de piloto de bombardero en misión suicida y se zambulló en el fondo del horno, al parecer en busca de nuevas pistas.

Anita temía por su vida.

—Es valiente como Petrocelli —suspiró—. No tiene ninguna obligación de resolver el caso, pero seguro que lo resuelve.

Ni bien apagó el televisor, atrancó todas las puertas. Les tenía miedo a los seres no humanos. Si algo la aterrorizaba, era lo terrorífico.

Esa noche soñó que una tribu de gorilas albinos le tendía a Pepe una trampa. Hundido hasta el cuello en un pozo repleto de muzarela agitaba los brazos para mantenerse a flote.

En mitad del sueño, ya de madrugada, a Anita la despertaron unos golpes. Se sentó en la cama sobresaltada. Comprobó que los golpes venían de muy cerca. Enseguida pensó en el ladrón de pizzas, aunque no se le ocurrió que los ladrones por lo general tratan de no hacer ruido.

Escuchó bien. Notó con espanto que los ruidos provenían de su propia casa, concretamente de la cocina.

Muerta de miedo, no sabía si quedarse en la cama, gritar pidiendo auxilio o levantarse a ver qué pasaba. Tanteó en la oscuridad su mañanita y se la puso. Después encendió la luz.

Los golpes se hacían más fuertes y urgentes. Anita se acordó de Pepe. Tal vez también él estuviera en peligro por andar tras los pasos del delincuente. Ese pensamiento le dio coraje. Tenía que ser valerosa para hacer juego con Pepe.

Se levantó de la cama, se puso las chancletas y salió despacio del dormitorio.

En el pasillo se armó de una escoba y apuntó con el mango hacia la cocina.

Avanzó. Cruzó el hueco de la puerta y estiró el brazo para encender la luz. Hizo *clic*. La cocina se iluminó.

¡En ese momento la puerta del horno se abrió de golpe empujada por una mano que salió de las profundidades! ¡La mano era negra!

Anita se desmayó.

Cuando abrió los ojos se encontró con el mismísimo Pepe Dell'Acqua que la miraba triunfante. Apenas lo reconoció. Pepe estaba negro como el tiraje de una chimenea.

Anita casi se desmaya de nuevo, pero Pepe la sostuvo con galantería entre sus brazos. Ya no estaba en la cocina sino sobre el diván del living.

En realidad tenía dos razones para desmayarse. Una, que jamás había soñado tener a Pepe junto a ella en carne y hueso. La otra, que una multitud había invadido su casa con micrófonos, cables luces y cámaras de video. También estaban los vecinos de la cuadra, un cabo de policía, los testigos del robo de la pizza, la familia Piperno —que seguía con la servilleta al cuello— y media docena de mirones que nadie conocía.

Anita estaba aterrorizada.

Pepe le acercaba amorosamente el micrófono.

—¿Cómo se siente? —le preguntó—. ¿Podría dedicarme unos minutos de su tiempo? Díganos: ¿sospechó alguna vez que *él* podía ser el culpable?

—¿Él? ¿Quién? —dijo Anita con un hilo de voz.

—Magallanes, su gato. Las huellas nos trajeron hasta su casa. Hemos descubierto que su gato robó la pizza de "La aceituna arrugada".

Anita lanzó un grito.

—¡Magallanes! ¡No puede ser!

Pepe se dirigió a los televidentes.

—Tal como habíamos anticipado, la dueña del gato no sabía nada del robo perpetrado por su felino.

Después le hizo a Anita una de sus habituales preguntas inteligentes.

—Cuéntenos, ¿cómo fue la infancia del gato?

Anita se mordió un dedo para asegurarse de que no estaba soñando...

Poco a poco se fue enterando de lo que había pasado. Mientras con un ojo miraba a Pepe relatando los hechos, con el otro miraba a Magallanes, que no se había despertado ni se había separado un milímetro de la estufa ni le importaban un pito las cámaras que lo apuntaban.

El caso era sencillo. Pepe Dell'Acqua había descubierto que el pelo blanco encontrado en el horno era de gato. Pero no de gato blanco, sino de gato negro.

La puerta trasera del horno daba a una panadería. La famosa panadería "El grisín del Norte" y la afamada pizzería "La aceituna arrugada" —¡se supo!— compartían el horno. Una lo usaba de las 5 de la mañana a las 2 de la tarde, y la otra de 2 de la tarde a 5 de la mañana.

Por la panadería se había colado el gato, que se ensució de harina hasta quedar como un fantasma (Pepe pensaba que lo había hecho a propósito para dejar una pista falsa).

Lo cierto es que después de robar la pizza huyó por la misma panadería y dejó esas espantosas huellas blancas que tanto desorientaron a los investigadores, ¡pero no a Pepe!

Pepe descubrió que la panadería se comunicaba con el horno de una rotisería y éste con un negocito que despachaba empanadas. A su vez, el horno del negocito se comunicaba con un taller de cerámica y el horno del taller con un club de cocineras.

De horno en horno, Pepe Dell'Acqua llegó a la cocina de Anita, todo sucio de hollín, pero seguro de que estaba a punto de descubrir el pastel.

Ahí fue cuando Anita vio salir la mano negra, que no era sino la mano de Pepe. A continuación se desmayó, etc.

En cuanto Pepe vio a Magallanes, supo que había encontrado al culpable. ¡Quién podía ser si no!

Al lado del gato había cuatro carozos de aceitunas y en el bigote derecho le quedaba un hilo de muzarela derretida. Además, cuando lo vio metido en la estufa y con olor a chamusque, comprendió que ningún otro ser en el planeta podía haber resistido los 180 grados de temperatura del horno. Las evidencias eran abrumadoras.

Anita estaba muy afligida. Tuvo que admitir que su gato era vegetariano, que adoraba cualquier clase de pizza con tal de que no tuviera anchoas, que solía ausentarse por las noches, y que el domingo, justamente, había olvidado la puerta del horno abierta.

Después Anita se puso a llorar. Pepe le dio un pañuelo para que se secara las lágrimas. Anita siguió llorando para que Pepe siguiera consolándola. Los vecinos dijeron que Anita era una buena persona, no así su gato.

La policía no llevó preso a Magallanes porque era menor de edad y no tenía antecedentes por robo.

Anita tuvo que pagarle la pizza al dueño de "La aceituna arrugada" y pedirle disculpas a la familia Piperno en nombre de Magallanes por haberle estropeado la cena.

Epílogo

Anita llamó a Pepe por teléfono para devolverle el pañuelo, limpio y planchado.

Al otro día Pepe la llamó para preguntarle por la salud de Magallanes.

El lunes Anita llamó a Pepe para contarle que Magallanes estaba resfriado. Había pasado de la estufa al balcón sin abrigarse.

Pepe aprovechó para invitarla al cine.

Aunque a todos les dicen que son solamente amigos, parece que ya son novios.

Glosario

telgopor: material sintético ligero y poroso, también llamado icopor.

chinchulín: parte del intestino de la vaca que se come asado.

mantecol: golosina de pasta de maní.

chauchas: alverjas, judías.

grisín: palito comestible hecho de harina.

engrupir: engañar.

ventiluz: tragaluz.

sánguches: *sándwiches.*

zoquetes: medias, calcetines.

9 de julio: día nacional de Argentina.